D1799896

ALBUMINI

L'OMINO DEI SOGNI

A Sofia Amore dei nonni
Iola e Ignazio
27/07/2017

Progetto grafico di Arianna Osti
Testo tratto da: *Filastrocche in cielo e in terra* di Gianni Rodari
© 1980 Maria Ferretti Rodari e Paola Rodari per il testo
© 2012 Edizioni EL, San Dorligo della Valle (Trieste)
© 2016 Edizioni EL, per la presente edizione
ISBN 978-88-6714-580-5

www.edizioniel.com

ALBUMINI

L'OMINO DEI SOGNI

GIANNI RODARI

Illustrazioni di

ANNA LAURA CANTONE

EMME EDIZIONI

L'omino dei sogni
che buffo tipetto!

Mentre tu dormi
senza sospetto
ti si mette accanto al letto
e ti sussurra una parola:
«Vola!»
E tu non domandi nemmeno
«con che?»

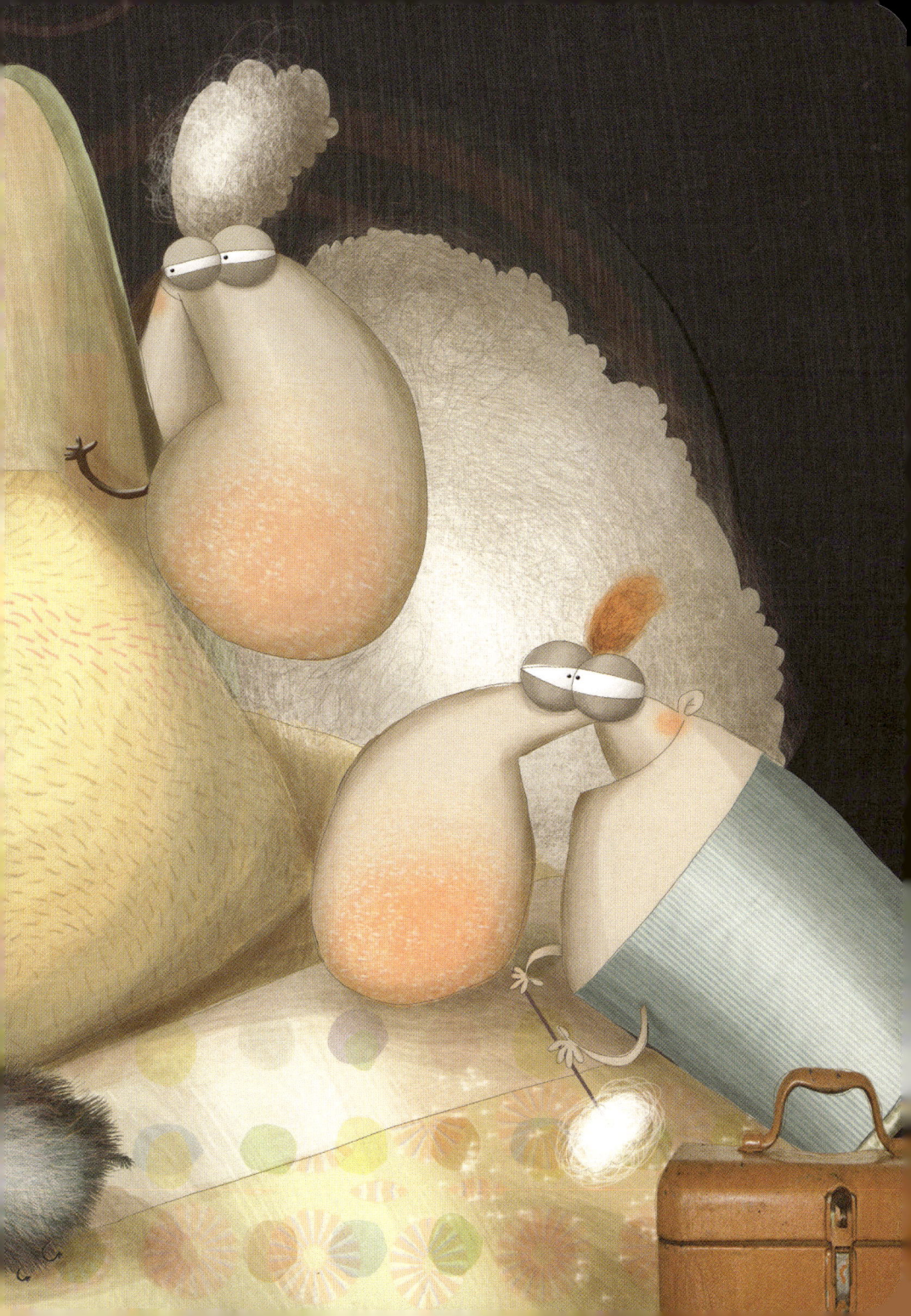

1 uno

2 due

3 *tre*

Uno due tre:
sei nell'arcobaleno,
aggrappato ad un ombrello,
e scivoli bel bello

dal verde al rosso al giallo,
e a cavallo
del blu
scendi giú, giú, giú...

Ecco il mare:
finirai con l'affogare!
Ma l'omino è lí apposta,
all'orecchio ti si accosta,
e ti sussurra:

«Presto!

Ecco i banditi! Scappa lesto lesto!»
O cielo, i banditi,
di nero vestiti,
con la maschera sul viso
e un satanico sorriso
tra quei baffoni...

Ti puntano i tromboni
e *pum!*
fanno *pum! pum! pum!*

Tu scappi, sei ferito
al naso oppure al dito,
e già ti manca il cuore,
sei preso, che orrore!

Macché!
Non succederà nulla perché
l'omino dei sogni
ti salva con una parola.

Ecco, ti trovi a scuola
e non sai la lezione.
Una nuova emozione!

Eppure l'hai studiata
alla perfezione!

Possibile che già l'abbia scordata?

È colpa dell'ometto
bizzarro e malignetto
che mentre dormi si arrampica
sul tuo letto

e si diverte a farti sognare,

volare, scappare, disperare...

fin che la mamma viene
a scrollarti per bene,
a svegliarti, ch'è tardi...

E tu ti svegli, guardi
dappertutto, però
l'omino dei sogni non lo vedi:
forse di giorno sta sotto il comò!

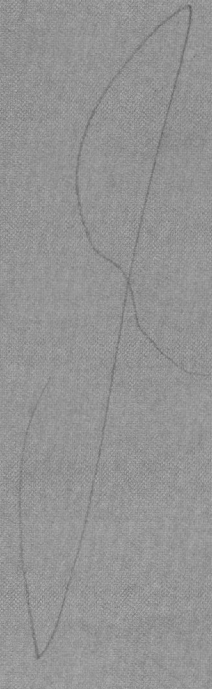

Finito di stampare nel mese di ottobre 2016
per conto delle Edizioni EL
presso G. Canale & C. S.p.A., Borgaro Torinese (To)